_____ 님께

지난 한 해
베풀어주신 은혜에 감사드립니다.

새해에는 더욱 건강하시고
가정에 사랑과 행복이 가득하시길 기원합니다.

새해 복 많이 받으세요!

_____ 드림

365 행복 테라피

첫 번째 펭귄

배가 고픈 펭귄 수천 마리가

바다에 뛰어들지 못하고 머뭇거리며 서 있습니다.

주린 배를 채우기 위해서는

당장 바다에 뛰어들어 사냥을 해야 하지만,

먹잇감이 있는 그 바다에서

펭귄의 천적인 바다표범이나 물개가

언제 튀어나올지 모르는 두려움 때문입니다.

모두들 서로 눈치만 보고 있을 때

펭귄 한 마리가 용감하게 바다로 뛰어듭니다.

그것을 신호로

나머지 펭귄들이 앞 다투어 바다로 뛰어드는
장관이 연출됩니다.

이처럼 두렵고 불확실한 상황에서
남보다 먼저 용기를 내고 도전하는 사람을 가리키는
영어 관용어가 '첫 번째 펭귄(First Penguin)'입니다.

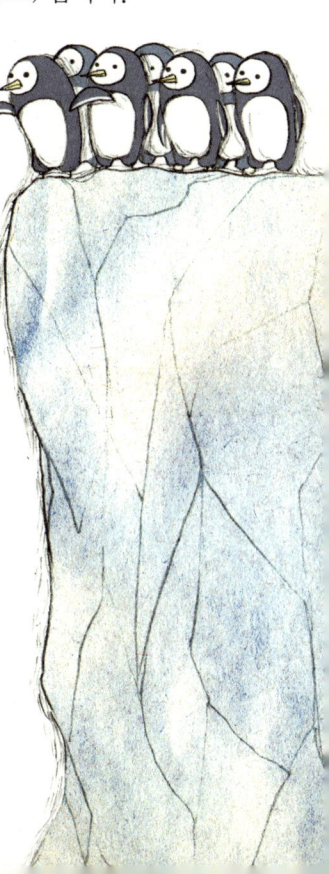

무모하다고
비판을 받을 수도 있지만
모두가 두려움에 갇혀
제자리에서 머뭇거릴 때
과감하게 앞장서서 전진할 수 있는,
'첫 번째 펭귄' 같은 사람.

그가 바로
우리가 원하는 리더의 모습입니다.

발밑에 엎드린 행복

나폴레옹이 포병장교 시절,

자신의 발밑에서 우연히 네잎클로버를 발견하고

고개를 숙이는 순간

적군이 쏜 총탄이 머리 위를 스쳐가면서

목숨을 구했다는 이야기가 있습니다.

그때부터

네잎클로버가 행운의 상징이 되었다고 합니다.

그런데 많은 사람들이 좋아하는 네잎클로버가

생물학적으로는 돌연변이에 해당됩니다.

더 재미있는 것은
그 흔한 세잎클로버의 꽃말입니다.
세잎클로버의 꽃말은 행복입니다.

행운의 네잎클로버를 찾기 위해서
무심히 밟고 지나쳤던 그 수많은
세잎클로버…!

우리는 지금 이 순간에도
신기루 같은 행운을 찾기 위해서
발밑에 놓인 수많은 행복을
짓밟고 있는지도 모릅니다.

상어에게는 부레가 없다

강이나 바다에 사는 물고기들이
물에 떠서 자유롭게 떠다닐 수 있는 것은
몸속에 부레라는 기관을 가지고 있기 때문입니다.

그런데 상어에게는 부레가 없다고 합니다.
태어날 때부터 부레를 갖지 못한 상어는
바다 밑으로 가라앉지 않기 위해
한 순간도 움직임을 멈추지 않는다고 합니다.

상어는 부레를 갖지 못한 불행한 운명을 타고났지만
그 때문에 바다에서 가장 빠르고

용맹한 물고기가 될 수 있었습니다.

내게 주어진 불행이라도
그것을 어떻게 받아들이느냐에 따라서
어떤 이에게는 걸림돌이 되고
그 누구에게는 디딤돌이 되기도 합니다.

달팽이는 느리지 않다?

이른 봄 날,

달팽이 한 마리가 큰 나무를 기어오르고 있었습니다.

나뭇가지 위에 앉아 있던 비둘기가

달팽이를 발견하고 이렇게 물었습니다.

"달팽아, 나무에 뭣 하러 올라가는 거야?

네가 좋아하는 열매는 아직 익지도 않았는데…."

그러자 달팽이가 위를 올려다보며 말했습니다.

"내가 나뭇가지 끝에 도착할 때쯤이면

틀림없이 빨갛게 익어 있을 거야!"

자신을 믿고
한 걸음 한 걸음 앞으로 나아갈 때
당신의 꿈도
한 알 한 알 붉게 영글어 갑니다.

진실을 가리는 것들

영국의 극작가이자 소설가인 버나드 쇼.

그가 어느 날 자신의 집에 사람들을 초대했습니다.
초대받은 사람들은 하나같이
로댕이라면 무조건 싫어하는 사람들이었습니다.
버나드 쇼는 그 사람들 앞에
데생 작품 하나를 내놓으며 말했습니다.

"이 데생은 최근에 구한 로댕의 작품입니다."
그러자 그의 말이 떨어지기가 무섭게
여기저기서 혹평을 쏟아내기 시작했습니다.

한참 후 버나드 쇼는 실수라도 한 듯
이렇게 말했습니다.
"아, 제가 착각을 했네요. 이건 로댕의 작품이 아니라
미켈란젤로의 작품입니다."

그러자 사람들은 잠시 당황하는 표정이더니
이내 말을 바꾸기 시작했습니다.
"그럼 그렇지. 역시 뭔가 다르다고 생각했어."
"어쩐지! 로댕의 작품이 이럴 순 없지."

편견과 선입관은
진실을 가리는 마음의 독입니다.

포기하지만 않는다면…

〈우유통에 빠진 개구리〉란 동화가 있습니다.

말썽꾸러기 개구리 삼형제가 어느 날
사람들이 사는 마을로 놀러 나왔다가
빈 집에 있던 커다란 우유통에 빠지고 말았습니다.
우유통이 얼마나 크고 깊은지
도무지 빠져나올 길이 보이지 않았습니다.

첫째 개구리는 도저히 불가능한 일이라고 판단하고는
모든 걸 포기한 채 우유 속에 빠져 죽고 말았습니다.
둘째 개구리는 하늘을 원망하며 발버둥치다가

기운이 빠져 죽고 말았습니다.

셋째 개구리는 쉼 없이 우유통 주변을 돌면서

곰곰이 빠져나갈 방법을 생각했습니다.

그때 발끝에 걸리는 딱딱한 뭔가를 발견했고,

그것을 딛고 마침내 우유통을 빠져나올 수 있었습니다.

개구리의 쉼 없는 발길질이 우유를 휘저어서

응고된 버터를 만들어냈고,

그것을 딛고 탈출할 수 있었던 것입니다.

포기하지 않는다면 기회는 반드시 찾아옵니다.

살아야 할 이유

런던의 한 병원에 희귀병을 앓고 있는
두 남자가 있었습니다.
그들은 같은 날 의사로부터
6개월 시한부 선고를 받았습니다.
그 두 사람은 건강상태도 나이도 비슷했습니다.
그런데 그들 중 한 명의 남자는
의사의 선고대로 6개월밖에 살지 못했지만
다른 한 남자는 무려 3년 이상을 더 살았다고 합니다.

그 비결은 무엇이었을까요?

3년을 더 산 남자에게는 특별한 사연이 있었습니다.
그에게는 쌍둥이를 임신한 아내가 있었던 것입니다.
아내의 뱃속에 든 쌍둥이가 그에게는
살아야 할 이유이자
희망이 되어 주었던 것입니다.

우리 삶의 기적은 희망을 먹고 자라납니다.

코이의 크기? 꿈의 크기!

'코이' 라는 물고기가 있습니다.

일본인들이 많이 키우는 관상용 잉어입니다.

그런데 이 물고기를 좁은 어항에 넣고 키우면

5~8센티미터 정도로 자라지만

큰 수족관이나 연못에 넣고 키우면

20센티미터까지 자란다고 합니다.

신기한 것은

이 물고기를 강에 방류하면

자그마치 1미터가 넘는 큰 물고기로 자란다고 합니다.

이 특이한 속성 때문에
코이는 종종 우리들의 꿈에 비유되곤 합니다.

꿈의 크기는 정해져 있지 않습니다.
내 꿈을 어항 속의 코이로 키울지
큰 강물 속을 유영하는 코이로 키울지는
나에게 달려있습니다.

말 한 마디의 위력

한 초등학생이
유리병 세 개에 각각 똑같은 밥을 담아놓고
특별한 실험을 했습니다.
매일 학교에서 돌아오면
한 유리병에는 고맙다는 인사를 했고,
또 하나의 유리병에는 멍청이라고 놀려댔으며,
나머지 한 유리병은 아예 눈길조차 주지 않았습니다.
한 달 후,
각각의 유리병에 담긴 밥의 변화를 관찰했더니
놀라운 사실이 발견되었습니다.
고맙다는 인사를 건넨 유리병 속 밥은

발효한 상태로 구수한 냄새를 풍기고 있었고,
멍청이라고 놀려댄 유리병 속 밥은
새까맣게 부패되어 있었으며,
눈길도 주지 않고 무시해버린 유리병 속 밥은
멍청이라고 놀려댄 유리병 속 밥보다
훨씬 더 부패되어 있었습니다.

에시모토 마사루의 《물은 답을 알고 있다》에 소개된
실화입니다.
일본의 전국 각지에서 수백 명의 초등학생들이
동시에 같은 실험을 진행했는데
모두 똑같은 결과를 얻었다고 합니다.

꽃을 키울 때에도 아름다운 음악을 들려주면
성장속도나 향기가 좋아진다고 합니다.

따뜻한 관심과 사랑의 말 한 마디가
생명을 잉태하고 기적을 만들어냅니다.

마지막 1%의 노력

손대는 광산마다 금맥을 터뜨리고
돈방석에 앉은 한 금광업자에게
사람들이 그만의 성공비결을 물었습니다.

"비결이요? 간단합니다.
저는 다른 사람이 포기하고 간 곳을
좀 더 깊이 파들어 간 것뿐입니다."

물은 98도에서도 99도에서도 끓지 않습니다.
물은 100도에 도달해야만 끓기 시작합니다.
1도만 더 온도를 높이면 물을 끓일 수 있는데

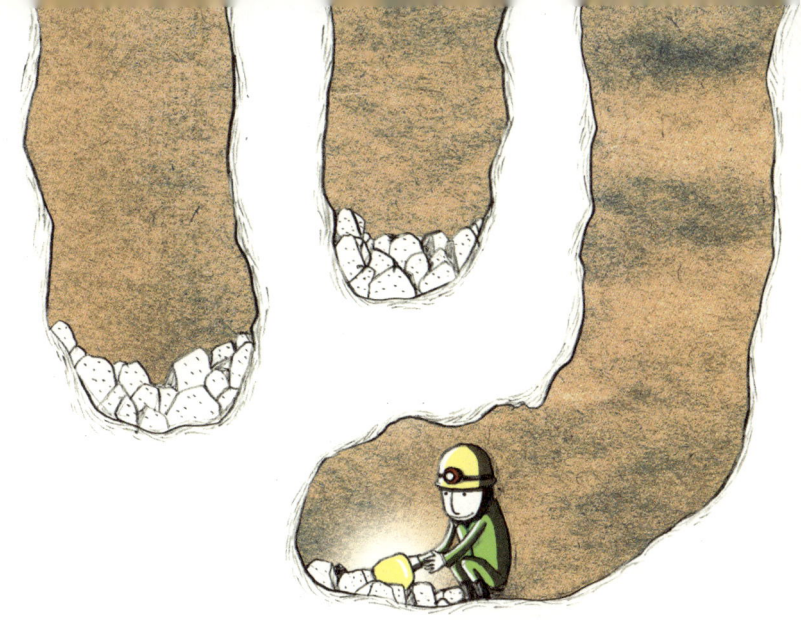

한발짝만 더 나아가면 터널의 끝인데
지금 여기에서 포기할 수는 없습니다.

동트기 직전이 가장 어둡다고 합니다.

끝까지 멈추지 않는 것이 비결

불후의 명작 《노인과 바다》를 쓴 세계적인
대 문호 헤밍웨이.
어느 날, 한 기자가 그에게 물었습니다.
"어떻게 하면 글을 잘 쓸 수 있습니까?"
헤밍웨이의 대답은 단순하고 명쾌했습니다.

"단 한 가지뿐입니다. 일어나면 책상에 앉는 것!"

성공으로 가는 엘리베이터는 존재하지 않습니다.
정상에 도달하는 그 순간까지
묵묵히 한 계단 한 계단 오르는 길이

유일한 비결입니다.

아메리카 인디언 호피 족은 가뭄이 들면
매번 기우제를 지냈고,
그때마다 비를 내리게 하는 데
성공했다고 합니다.

그 비결은 오직 한 가지,
비가 내릴 때까지
기우제를 멈추지 않은 것이랍니다.

내일이 내 차례라면…

루마니아의 사푼챠 마을은
해마다 수많은 관광객들이 찾아옵니다.
그런데 그 마을은 빼어난 풍광도
세계적인 유적지도 없는 곳입니다.
그런 사푼챠 마을에 사람들의 발길이 끊이지 않는 이유는
마을의 공동묘지 입구에 세워진 묘비명 때문이라고 합니다.

"오늘은 내 차례, 하지만 내일은 당신 차례지."

이 묘비명처럼
내일이면 죽음이 내 차례일 수 있는데

우리는 늘 영원히 살 것처럼 살아가고 있습니다.

내일이 내 차례라면
오늘을 어떻게 살아야 할까요?

오늘은
우리에게 주어진 마지막 하루입니다.

발상의 전환

한 남자가 정년퇴임을 하고
동네에 작은 식당을 개업했습니다.
전문 요리사를 채용하고
식당 인테리어도 고급스럽게 했지만
손님 구경하기가 어려웠습니다.
식당 주인은 고심 끝에 스쿠터에 빈 배달통을 싣고
식당 이름이 적힌 깃발을 꽂은 채
마을의 골목골목을 휘젓고 다녔습니다.

그로부터 한 달 후,
그 식당은 차례를 기다리며

줄을 선 사람들로 북적거렸습니다.

중국의 시골 마을 사람들은
채소를 씻을 때에도 세탁기를 이용한다고 합니다.
그 때문에 세탁기가 잦은 고장을 일으켰습니다.
중국의 대형 가전회사인 하이얼은
현장의 수리기사들의 보고를 통해 이런 사실을 알아내고
생산부서의 엔지니어들에게
채소도 씻을 수 있는 세탁기를 개발하라고 지시했습니다.
엔지니어들은 기존의 세탁기보다
배수관과 필터의 구멍을 넓힌
새로운 세탁기를 세상에 내놓았습니다.

일명 '채소 씻는 세탁기'.
이 세탁기는 날개 돋친 듯 팔려나갔습니다.

발상의 전환!
생각을 바꾸면 세상이 바뀝니다.

패자의 주머니에는 욕심이 있다

아프리카 원주민들은 원숭이를 사냥할 때

원숭이들이 자주 나타나는 길가에

조롱박을 매단다고 합니다.

그 조롱박에 원숭이 손이 겨우 들어갈 만큼의 구멍을 뚫고

구멍 안에 원숭이가 가장 좋아하는 과일을 넣어둔답니다.

맛있는 과일이 든 조롱박을 발견한 원숭이는 망설임 없이

조롱박 구멍 안에 손을 집어넣고 과일을 움켜쥡니다.

하지만 빈손이 겨우 들어갈 정도의 구멍인지라

과일을 움켜쥔 원숭이의 손은 구멍을 빠져 나오지 못합니다.

이때를 기다렸던 원주민들이 나타나도

원숭이는 손에 쥔 과일을 포기하지 못하고

조롱박에 손이 묶인 채로
붙잡히고 만답니다.

"승자의 주머니 속에는 꿈이 있고,
패자의 주머니 속에는 욕심이 있다."
탈무드에 나오는 글귀입니다.

욕심은 모든 걱정과 두려움을 낳는 씨앗이 됩니다.
욕심을 경계하는 최고의 비결은 꿈을 키워가는 것입니다.
꿈을 가꾸는 일을 소홀히 하면 금세
욕심이라는 잡초가 번식하게 됩니다.

지상 최고의 행복

영국의 시골 마을에 두 소년이 살았습니다.
한 소년은 부잣집 아들이었고
한 소년은 가난한 집에서 자랐습니다.
어느 날, 부잣집 소년이 개울에 빠져 허우적거릴 때
수영을 잘하는 가난한 집 소년이 그를 구해주었고,
그 둘은 친구가 되었습니다.

목숨을 구원 받은 부잣집 소년이
자신을 구해준 친구에게 소원을 물었습니다.

"나는 런던에 가서 의학 공부를 하는 게 꿈이야!"

친구의 소원을 들은 부잣집 소년은
자신의 아버지에게 도움을 요청했습니다.
가난한 집 소년은 친구 아버지의 도움으로
런던으로 가서 의학공부를 하고
마침내 꿈에 그리던 의사가 될 수 있었습니다.
그의 이름은 알렉산더 플레밍,
바로 페니실린을 발견한 주인공입니다.

알렉산더 플레밍은 어느 날,
친구가 폐렴에 걸려 위독하다는 소식을 전해 듣고 달려가
그 친구의 목숨을 또 한 번 구해냅니다.
친구의 도움으로 두 번이나 목숨을 구한 사람은
제2차 세계대전을 승리로 이끈 영웅,
윈스턴 처칠 경입니다.

모든 것을 내주어도 좋을,
그런 친구가 있다는 건
지상 최고의 행복입니다.

함께하는 삶

바다거북은 산란기가 되면
육지로 올라와서 해변 모래사장에 구덩이를 파고
그 안에 500~1000개의 알을 낳은 후,
모래로 구덩이를 덮고 다시 바다로 돌아간다고 합니다.

모래 구덩이 속에서 부화한 새끼 거북이들은
어떻게 모래 구덩이를 빠져나와서 바다로 갈 수 있을까요?

학자들의 연구에 따르면
알에서 부화한 새끼 거북이들은 조직적인 협력을 통해
모래 구덩이를 무사히 빠져나온다고 합니다.

맨 위에 있는 거북은 밖으로 나가는 구멍을 파고
중간에 낀 거북은 벽을 허물고,
맨 밑에 있는 거북은
위에서 떨어지는 모래를 밟아 바닥을 다지면서
하나 둘 밖으로 나오게 된다고 합니다.

신기한 것은
거북이 알을 한 구덩이에 하나씩만 넣어두었을 때는
그 생존율이 30%에도 미치지 못하지만
한 구덩이에 네 개 이상의 알을 넣어두면
100%에 가까운 생존율을 보인다는 사실입니다.

함께한다는 것은
더 큰 삶의 의미를 가져다줍니다.

술도 혼자 마시면 음주지만
둘이 마시면 기분전환이 되고
여럿이 함께 마시면 파티가 됩니다.

모소 대나무의 비밀

중국과 아시아 지역에서 자생하는 대나무 중에
모소 대나무가 있습니다.

모소 대나무는
처음 5년간은 아무런 성장도 느낄 수 없다고 합니다.
하지만 5년이 지난 후부터
6주 동안 하루에 30cm 이상 자라는 폭풍 성장기를 거치며
최고 20m가 넘게 자란다고 합니다.

일반 대나무보다 2배 가까이 큰 키를 가졌으면서도
비바람이 몰아쳐도 쉽게 쓰러지지 않고

당당하게 서 있는 모소 대나무의 비결은
바로 성장을 느낄 수 없었던
그 5년에 있다고 합니다.

모소 대나무는 그 5년이란 시간 동안
땅 속 깊이 뿌리를 내리며
폭풍 성장을 준비하고 있었던 것입니다.

뿌리가 깊어야 잎이 무성할 수 있고
뿌리 깊은 나무는 바람에도 쉽게 쓰러지지 않습니다.

닭의 운명으로 살다 간 독수리

인디언 마을의 한 소년이 어느 날
독수리 둥지에서 알을 꺼냈습니다.
집으로 돌아온 소년은 독수리 알을
닭장 속 달걀 속에 넣어두었습니다.

얼마 후, 부화를 시작한 병아리 틈 속에
새끼 독수리도 끼여 있었습니다.
새끼 독수리는 병아리들과 어울려
땅에 떨어진 곡식을 주워 먹거나
땅속 벌레들을 잡아먹으며 자랐습니다.

세월이 흘러
큰 날개를 가진 웅장한 독수리로 자랐지만,
여전히 울 때도 닭울음소리를 냈고
가끔 날개를 퍼덕일 뿐
자신이 날 수 있다는 생각조차 하지 못했습니다.

그러던 어느 날
하늘 높이 날아올라 장엄한 날개를 펼쳐 보이는
새를 보게 되었습니다.
"와, 정말 멋지다. 나도 저렇게 날 수 있으면 좋겠다."
그러자 옆에 있던 나이 든 닭이 말했습니다.

"주제를 알아야지. 저건 새 중의 왕 독수리란다.
넌 그저 평범한 닭일 뿐이야."

나이 든 닭의 말처럼 독수리는
평생 한 마리 닭으로 살다가 죽고 말았습니다.

도전하지 않으면 독수리의 날개를 가졌어도
한 마리 초원의 닭으로 살아갈 수밖에 없습니다.

운명은 타고나는 것이 아니라
생각하는 대로 결정되어지는 것입니다.

당당한 실패자들

메이저리그의 전설적인 홈런왕 베이브 루스,
그는 메이저리그 사상
최다 삼진아웃을 당한 선수이기도 했습니다.

세계적인 테너 엔리코 카루소,
그는 고음처리가 안 된다는 이유로 성악 선생님에게
여러 번 성악을 포기하라는 권유를 받았습니다.

과학사를 새롭게 쓴 아인슈타인은
학창시절 수학시험에서 번번이 낙제점을 받곤 했습니다.

40세에 파산을 경험한 헨리 포드는
세계적인 자동차 회사 포드의 설립자가 되었습니다.

세상은
실패자를 기억하지 않고 성공자만 기억하지만,
성공은 실패를 먹고 자라납니다.

거센 물살을 이겨내는 방법

넓은 강이 마을을 휘감고 있는 아프리카의 한 부족 촌.
이 마을 사람들이 다른 마을로 가기 위해서는
반드시 강을 건너야만 하는데,
물살이 제법 거센 강을 건너기 위해 마을 사람들은
독특한 방법을 사용한다고 합니다.
등에 커다란 돌을 짊어지고 한발 한발 강을 건너는 것입니다.

돌의 무게만큼 안전하게 물살을 헤쳐갈 수 있었던 것입니다.

살아가면서 고난과 시련이 닥칠 때마다
우리는 견디기 힘든 삶의 무게를 절감하곤 합니다.

하지만 그 삶의 무게가

인생이라는 거센 물살을 안전하게 건널 수 있는

버팀목이 되어준다는 사실을 깨닫지 못합니다.

세상을 바꾸는 가장 쉬운 방법

미국 오하이오 주에는
'프록터 앤드 갬블'이라는 비누회사가 있습니다.

어느 날 직원 한 명이
기계작동시간을 잘못 맞추는 실수를 저지르는 바람에
엄청난 손실을 입게 되었습니다.
부서 책임자는 실수를 저지른 사원을 엄하게 질책했고,
그 사원은 자신의 행동에 책임을 통감하고
사표를 제출했습니다.

하지만 프록터 사장은 사원을 문책하기보다는

실수로 만들어진 비누에 집중했습니다.
분명히 실수로 생산된 불량품이었지만,
기존의 비누와는 달리
가벼워서 물에 뜬다는 점을 발견한 것입니다.

'그래, 물에 뜨는 비누라면 목욕할 때 더 편리할 거야!'

얼마 후 '물에 뜨는 비누' 가 정식으로 출시되었고
고객들에게 선풍적인 인기를 모았습니다.
물에 뜨는 비누의 이름은 바로 그 유명한 '아이보리' 입니다.

발상의 전환은 새로운 세상을 만들어내곤 합니다.

세상을 바꾸는 가장 쉬운 방법,
그것은 바로 생각을 바꾸는 것입니다.

스필버그가 가장 싫어하는 사람

세계적인 영화감독 스티븐 스필버그,

그가 강연장에서 겪었던 일화입니다.

강연을 마치고 청중의 질문을 받는 시간이었습니다.

한 청중이 스필버그 감독에게 물었습니다.

"어떤 사람을 가장 싫어합니까?"

그 질문에 스필버그 감독은

일 초의 망설임도 없이 대답했습니다.

"남의 이야기를 듣지 않는 사람입니다.
그런 사람은 아무것도 배울 수 없고, 자신을 발전시킬 수
있는 기회도 잡지 못하는 사람입니다."

경청은 상대방에 대한 존중과
몸에 배인 겸손에서 비롯됩니다.

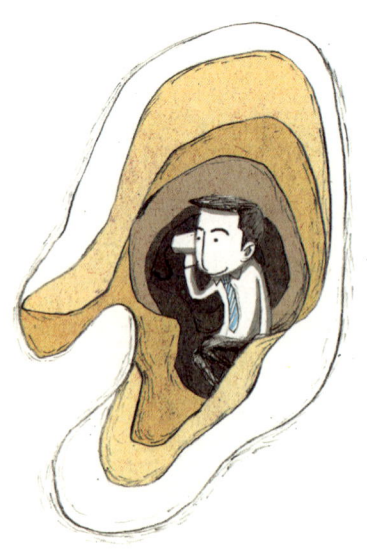

헬퍼스 하이|Helper's High

1998년 하버드 의대 학생들은

두 그룹으로 나누어 흥미로운 실험에 참여했습니다.

한 그룹은 대가가 주어지는 일을 하고

다른 한 그룹은 아무런 대가가 주어지지 않는

봉사활동을 한 뒤

각각 면역 항체 수치의 변화를 관찰하는 실험이었습니다.

실험 결과는 놀라웠습니다.

대가 없이 무료 봉사활동을 한 학생들에게서

나쁜 병균을 물리치는 항체 수가 월등히 높아졌던 것입니다.

더욱 신기한 것은
평생을 봉사와 사랑으로 살다간
테레사 수녀의 일대기를 그린 영화를 보는 것만으로도
면역항체가 증가했다는 것입니다.

이처럼 가족이나 가까운 친구가 아닌 사람에게
대가없이 봉사를 할 때
엔도르핀이 분출되면서 느끼는 심리적 포만감을
"헬퍼스 하이 Helper's High"라고 부릅니다.
이 현상은 몇 주 동안 지속되면서
혈압과 콜레스테롤 수치를 낮추고
엔도르핀의 분비를 활성화시킨다고 합니다.

남에게 선행과 도움을 베푸는 봉사는
결국 자신을 돌보는 행복 찾기인 것입니다.

큐드럼 & 라이프 스트로우

물이 부족한 아프리카에는
아이들이 하루에 4시간씩 걸어가서
물을 길어와야 하는 곳도 있답니다.
그렇게 고생해서 떠올 수 있는 물의 양은
고작 10리터 정도,
한 가정에서 하루 평균 사용하는 물이 50리터이니
턱없이 작은 양이지요.
하지만 그마저도 물을 길어오다가
실수로 넘어지기라도 하는 날엔
다시 4시간을 걸어가서 물을 받아와야만 합니다.

이런 사연을 전해들은 디자이너 피엣 헨드릭스가
바퀴모양의 원통형 물통을 디자인해서 만든 제품이
바로 큐드럼입니다.
이 물통은 무려 75리터의 물을 담을 수 있는 데다
원통형의 모양 때문에
힘이 약한 아이들도 쉽게 굴려서 사용할 수 있습니다.

베스터가르드 프란센이란 디자이너는
정수시설이 거의 없는 아프리카의 아이들이
흙탕물을 식수로 마시는 것을 보고
스트로우만 꽂으면 바로 정수가 되는
라이프 스트로우란 제품을 디자인하고 만들었습니다.
단돈 2달러면 살 수 있는 이 제품은
약 1년 동안 사용할 수 있고
무려 700리터나 되는 물을 정수할 수 있는 제품이랍니다.

전 세계의 디자이너 중 95%는
소득 기준 상위 10%의 소비를 위한 상품을

디자인하고 만들지만
피엣 헨드릭스와 베스터가르드 프란센처럼
90%의 사람들을 위한
디자인과 상품을 만드는 사람도 있습니다.

마음의 색깔

미국의 케이츠 박사가 특별한 실험을 했습니다.
우리가 숨을 쉴 때 내뱉는 공기를 유리관에 모아서
액체로 냉각시킨 후
침전물들의 색깔을 비교해 본 것입니다.

그 결과가 무척 재미있고 놀랍습니다.
화난 사람의 숨을 냉각시킨 침전물은 밤색,
괴로운 상태에 있는 사람의 경우는 회색,
뭔가 후회를 하고 있는 사람은 엷은 적색이었던 반면
마음이 편한 상태의 사람은 무색을 나타냈습니다.

마음의 상태에 따라
호흡하는 공기의 색이 달라질 수 있다니
정말 흥미롭죠?

더욱 놀라운 것은
화난 사람의 숨을 냉각시킨 밤색 침전물을
실험용 쥐에게 주사했더니 불과 몇 분 만에 죽고 말았답니다.

모두들 친환경이니 유기농이니 하며
건강에 좋다는 것을 찾아다니는
것이 요즘 세태지만,
정작 자신의 마음 하나
다스리지 못한다면
스스로 자신의 몸에
독극물을 들이마시는 것과
다름없습니다.

사브라와 유대인

이스라엘 사람들은
자신의 아들과 딸들을 '사브라' 라고 부른답니다.
'사브라' 는 선인장 꽃의 열매를 일컫는 말입니다.

선인장이 어떤 식물입니까?
뜨겁고도 메마른 사막 한가운데에서 꿋꿋하게 자라나
꽃을 피우고 열매를 맺는 식물입니다.

선인장이 사막을 이겨내고 얻은 '사브라' 에는
그만큼 고귀하고 아름다우며 강인한 존재라는 의미가
담겨 있습니다.

이스라엘의 어린이들은 어려서부터
자신이 얼마나 소중한 존재이며
얼마나 강인한 생존력을 지닌 존재인지를 느끼며
자라는 것입니다.

그 때문일까요?
20세기 인류를 이끈 세계 최고의 지성 21명 중
무려 15명이 유대인이며,
미국의 최고 부자 40명 중에
절반이 유대인이랍니다.

따뜻한 마음이 경쟁력

무성영화 시대를 대표하는 연출가이자 영화인이었고,
지금까지도 희극 영화의 대명사로 불리는 찰리 채플린.

그가 무명시절 철공소에서 일할 때의 일화입니다.
어느 날 철공소 사장이 그에게 심부름을 시켰습니다.
일이 바빠서 따로 식사할 시간이 없으니
빵을 좀 사오라는 것이었습니다.
채플린은 빵을 사면서 와인 한 병을 더 사왔습니다.

급한 일을 마치고 빵 봉투를 열어보던 사장은
와인 병을 발견하고 채플린에게 물었습니다.

그러자 채플린은 이렇게 대답했습니다.

"사장님은 매일 일을 마치면 와인을 드시는데

오늘은 와인이 떨어진 것 같아서 같이 사왔습니다."

그 한 마디에 사장은 감동을 받았고

그날 이후 채플린을 특별하게 대해주었습니다.

아주 작고 사소한 심부름을 할 때도

채플린은 마음을 담고 정성을 다 할 줄 알았던 것입니다.

사람의 마음을 움직이는 건

작은 배려와 정성입니다.

배려와 정성에는 따뜻한

마음이 담겨 있으니까요!

두 늑대의 싸움

나이 든 인디언 추장이 어린 손자에게
자신의 마음속에서 벌어지는 싸움에 대한 이야기를
들려주었습니다.

"아가야, 우리 마음속에서는 늘 싸움이 벌어지고 있단다."
"어떤 싸움이요?"
"두 늑대의 싸움이지."
"같은 늑대끼리 왜 싸워요?"
"한 마리는 악한 늑대인데,
그 녀석은 화, 질투, 탐욕, 슬픔, 후회, 열등감, 거짓,
이기심 등을 가지고 있단다."

"다른 늑대는요?"
"다른 한 마리는 착한 늑대인데,
기쁨, 사랑, 친절, 겸손, 믿음을 가지고 있는 놈이란다."

어린 손자가 추장에게 물었습니다.

"근데 둘 중에서 어떤 늑대가 이겨요?"

추장은 입가에 빙긋이 미소를 머금고
이렇게 대답했습니다.

"그야, 내가 먹이를 주는 놈이 이기지."

오늘 하루 우리는
어느 늑대에게 먹이를 주었을까요?

〈참고 도서〉

주형선, 〈세상을 바라보는 지혜〉, 2008.11.05, 르상스미디어

구와바라 데루야, 〈스티브 잡스 그가 우리에게 남긴 말들〉, 2011.10.18, 티즈맵

양태석, 〈이야기 속에 담긴 긍정의 한 줄〉, 2010.11.22, 책이있는풍경

정지환, 〈내 인생을 바꾸는 감사레시피〉, 2012.02.07, 북카라반

브라이언 카바노프, 〈꿈꾸는 씨앗〉, 2011.03.30, 동해출판

송정림, 〈365 뭉클〉, 2010.07.05, 글로세움

김하, 〈세상에서 가장 행복한 사랑〉, 2010.07.30, 파워북

차동엽, 〈무지개 원리〉, 2006.11.20, 위즈앤비즈

연준혁·한상복, 〈보이지 않는 차이〉, 2011.10.21, 위즈덤하우스

김이율, 〈가슴이 시키는 일〉, 2012.02.15, 판테온하우스

365 행복 테라피

엮은이 | 곽동언
펴낸이 | 우지형

인 쇄 | 하정문화사
일러스트 | 송진욱
디자인 | Gem

펴낸곳 | 나무한그루
주소 | 서울시 마포구 동교동 165-8 엘지팰리스빌딩 727호
전화 | (02)333-9028 팩스 | (02)333-9038
E-mail | namuhanguru@empal.com
출판등록 제313-2004-000156호

ISBN 978-89-91824-39-3 03810
값 3,800원